AVERTISSEMENT!

Frisson l'écureuil vous prie
d'enfiler des mitaines de laine
avant de lire ce livre.

Mélanie Watt

Frisson l'écureuil
se prépare pour
NOËL

Éditions SCHOLASTIC

Ce guide de sécurité
est entre vos mains.
Dorénavant, vous promettez
de le protéger contre :

- les microbes

- les volcans

- les baignoires

Notez bien qu'il n'est pas pour :

A. les monstres

B. les chauves-souris

C. les abeilles meurtrières

D. les homards

TABLE DES MATIÈRES

PRÉFACE

CHAPITRE 1
NOËL EST ICI

CHAPITRE 2
LES DÉCORATIONS DE NOËL

CHAPITRE 3
LES SUCRERIES

CHAPITRE 4
LES CADEAUX DE NOËL
- Magasiner pour un individu capricieux
- Emballer les cadeaux

CHAPITRE 5
LES PERSONNAGES DE NOËL
- Qui est le père Noël?
- Le lutin et Rudolphe le renne au nez rouge
- Le plan de vol du père Noël et un bon accueil

CHAPITRE 6
LE CÔTÉ VEXANT DE NOËL
- Les 10 pires scénarios avec du gui
- Comment détecter le contenu d'une boîte cadeau
- Les guirlandes synthétiques et les mordeurs du temps des fêtes

CHAPITRE 7
LES PLAISIRS DE NOËL
- Se vêtir
- Recevoir
- S'amuser à tout prix

CHAPITRE 8
SI RIEN NE FONCTIONNE...
- Frisson l'écureuil fait le mort

TOUT
D'ABORD,
UN MOT DE
FRISSON
L'ÉCUREUIL :

Sécurité

QUI EST CE FAMEUX FRISSON L'ÉCUREUIL?

FORMULAIRE D'IDENTIFICATION

Nom : FRISSON L'ÉCUREUIL

Initiales : F. É.

Né : LE 3 OCTOBRE

À : 13 H 28 MIN ET 6 S   Dans UN ARBRE.

Aime : LES ÉQUIPEMENTS, LA ROUTINE, LES PLANS ET LES GUIDES DE SÉCURITÉ

N'aime pas : LE DANGER, REGARDER DROIT DANS LES YEUX ET LES BACTÉRIES EN GÉNÉRAL

Ne supporte pas : TOUT CE QUI EST INCONNU

Fichier
(le meilleur ami d'un écureuil)

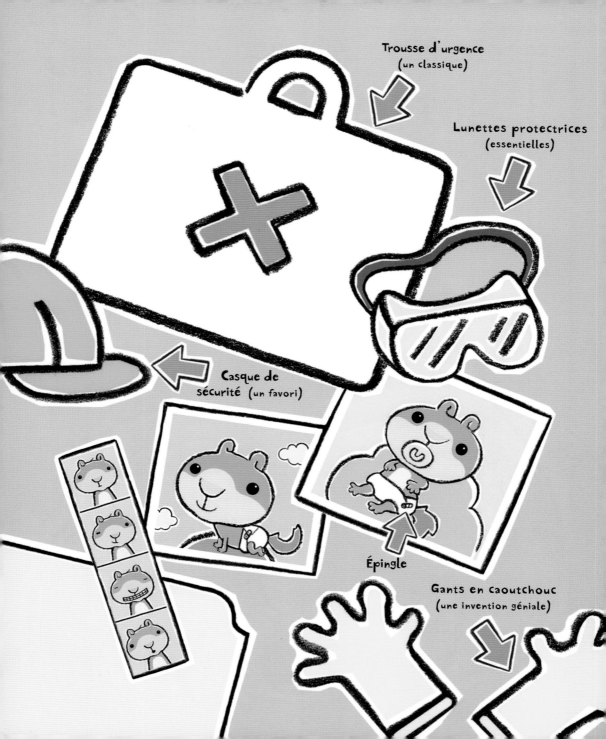

Trousse d'urgence
(un classique)

Lunettes protectrices
(essentielles)

Casque de
sécurité (un favori)

Épingle

Gants en caoutchouc
(une invention géniale)

INTRODUCTION

Noël approche à grands pas!
Si vous ne voulez pas être piétiné ou pris
par surprise, il est important de garder
l'œil ouvert. Soyez à l'écoute de vous-même
et allez-y une étape à la fois!

ÉTAPE 1 : Paniquez

ÉTAPE 2 : Prenez une grande respiration

ÉTAPE 3 : Tournez en rond

ÉTAPE 4 : Trouvez un miroir

ÉTAPE 5 : Vérifiez l'état de vos dents

ÉTAPE 6 : Regardez-vous attentivement

ÉTAPE 7 : Répondez au questionnaire...

QUESTIONNAIRE

1. Le temps des fêtes me rend...

heureux ☐ (0 point)

joyeux ☐ (0 point)

nerveux ☐ (1 point)

2. Cette année, j'ai été plutôt...

tannant ☐ (0 point)

gentil ☐ (0 point)

stressé ☐ (1 point)

3. Décorer est, pour moi, source de...

créativité ☐ (0 point)

enthousiasme ☐ (0 point)

anxiété ☐ (1 point)

4. Vive le vent, vive le vent...

vive le vent d'hiver ☐ (0 point)

... Ah! Une tornade! Au secours! ☐ (1 point)

DE NOËL

5. Mon arbre doit être...

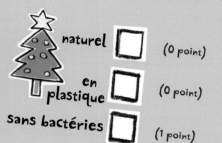

naturel ☐ (0 point)

en plastique ☐ (0 point)

sans bactéries ☐ (1 point)

6. Le gâteau aux fruits peut servir de...

cadeau ☐ (0 point)

délicieux dessert ☐ (0 point)

presse-papiers ☐ (1 point)

7. Petit papa Noël, quand tu descendras du ciel avec des jouets par milliers, n'oublie pas...

mon petit soulier ☐ (0 point)

d'essuyer tes pieds ☐ (1 point)

8. Que voyez-vous?

un renne inoffensif ☐ (0 point)

une créature munie d'antennes et d'un nez à radiations infrarouges capable de faire sauter la planète! ☐ (1 point)

IMPORTANT!

Si, comme Frisson, votre total se trouve entre 1 et 8 points, ce guide de sécurité est bel et bien pour vous!

UNE PAUSE FRISSON
Cet horoscope vous est
présenté par Frisson l'écureuil.
Laissez les étoiles vous inspirer!

L'HOROSCOPE

Bélier (21 mars-19 avril)

Vous pouvez escalader des bancs de neige et
réussir n'importe quoi durant le temps des fêtes!

Taureau (20 avril-20 mai)

Le temps est venu de prendre la décoration
par les cornes. Exprimez votre créativité!

Gémeaux (21 mai-21 juin)

L'esprit de Noël ne fait que doubler.
Vous resplendissez!

Cancer (22 juin-22 juillet)

Le rouge est évidemment votre couleur.
Éclatez-vous, vous êtes éclatant!

Lion (23 juillet-22 août)

Relaxez-vous! Cessez de grogner car vous
pouvez éviter le magasinage de dernière minute.

Vierge (23 août- 22 sept.)

Vous êtes un ange! Soyez-en fier
et chantez de tout cœur!

DE NOËL

Balance (23 sept.- 23 oct.)

Pesez bien le pour et le contre avant de sélectionner des cadeaux!

Scorpion (24 oct.-21 nov.)

Essayez de ne pas avoir la carapace trop dure. Tout le monde vous aime!

Sagittaire (22 nov.-21 déc.)

Vous pointez votre flèche dans la bonne direction. Vous vous amuserez pendant les fêtes!

Capricorne (22 déc.-19 janv.)

Vous avez le meilleur des deux mondes. C'est le plus beau temps de l'année!

Verseau (20 janv.-18 févr.)

Le verre est toujours à moitié plein. Santé! Le temps de célébrer est venu!

Poissons (19 févr.-20 mars)

Votre personnalité brillante vous distinguera dans toutes les fêtes!

À PROPOS DU GUIDE

Chères lectrices, chers lecteurs,
Noël est effectivement la plus belle période
de l'année, mais c'est aussi la plus terrifiante!

Alors moi, Frisson l'écureuil, j'ai décidé
d'élaborer un guide de sécurité fiable.

Divisé en huit chapitres faciles, ce livre est
conçu pour vous aider à planifier et à survivre
au temps des fêtes, une page à la fois!

Maintenant, on démarre!

FRISSON

Extincteurs
de réserve

Robe de
chambre et
foulard

Noix qui
rôtissent sur un
feu pétillant

Mélanie Watt

Frisson
l'écureuil
se prépare pour
NOËL

UN GUIDE DE SÉCURITÉ POUR LES STRESSÉS

Extincteur
d'incendie

CHAPITRE 1

NOËL
EST ICI

Avant d'affronter le temps des fêtes, il est essentiel de s'équiper adéquatement :

FRISSON VOUS CONSEILLE!
Procurez-vous ces articles de sécurité autour du mois d'août afin d'éviter tous imprévus!

Moule à glaçons

Cônes

Tisane de camomille

Bottes

Savon antibactérien

(vert pour Noël)

Projecteur

Soupe

Séchoir à cheveux

Saint-bernard

Casque de hockey

Tapis de yoga

Pelle

LE PLAN DE NOËL

Vous serez soulagé d'être équipé pour faire face à ces obstacles de tous les jours...

LÉGENDE D'OBSTACLES

 VERGLAS

 STRESS

 AVALANCHES

 TRAFIC AU CENTRE D'ACHATS

 TOBOGGANS HORS CONTRÔLE

 MICROBES DE GRIPPE

 L'ABOMINABLE HOMME DES NEIGES

 MACHINE À GLACE

 TEMPS

Esquivez la monstrueuse machine à glace en étalant une piste de glaçons irrésistibles!

 La lumière vous permettra de faire des choix éclairés!

Relaxez-vous en faisant du yoga!

NOËL EST ICI!

 Le thé peut calmer les crises de nerfs causées par le magasinage de dernière minute.

 Une bonne soupe chaude, c'est la recette parfaite pour chasser la mauvaise grippe!

NOËL EST ICI!

Avec la pelle, bâtissez-vous un abri igloo pour vous protéger des toboggans hors contrôle!

Si vous vous trouvez face-à-face avec un abominable homme des neiges, faites fondre vos ennuis à l'aide d'un séchoir à cheveux; il va vite faire de l'air!

Un saint-bernard fiable et disponible 7 jours sur 7 est essentiel au cas où vous paniqueriez et déclencheriez une avalanche!

VOUS ÊTES ICI.

Dirigez le trafic causé par le magasinage de dernière minute à l'aide de cônes bien disposés!

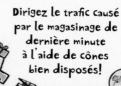

Portez un casque de hockey en tout temps. Le but, c'est d'éviter d'être assommé par des morceaux de verglas!

NOËL EST ICI!

C'est la course contre la montre! Ces bottes vous emmèneront loin et rapidement.

12 TÂCHES À ACCOMPLIR

AVANT NOËL

(Le décompte)

12	Faire des poids et haltères (pour lever les paquets pesants)
11	Pratiquer l'art de rester debout (pour se préparer aux files d'attente)
10	Repasser un complet-veston (pour épater les gens)
9	Peser sa tirelire (pour balancer son budget)
8	Faire des étirements (pour mieux bricoler)
7	S'inscrire à des leçons de chant (pour éviter les fausses notes)

6	**Courir sur un tapis roulant** (pour faire des courses)
5	**Passer un examen de la vision** (pour voir clair dans tout ça)
4	**Se nettoyer les oreilles** (pour écouter le son des grelots)
3	**Transformer son image** (pour recevoir des compliments)
2	**Passer la soie dentaire** (pour éviter les caries causées par le sucre à la crème)
1	**Répéter toutes les tâches précédentes** (parce que la répétition, ça fonctionne)

CHAPITRE 2

LES DÉCORATIONS
DE NOËL

INTRODUCTION AU BRICOLAGE

Casque de football :
Protège contre les boules de Noël
qui pourraient débouler du ciel.

Lampe de poche :
Un éclairage adéquat est une
idée brillante.

Mitaines :
Protègent les mains des
coupures causées par
le papier.

Habit de peintre :
Au cas où tout
se salirait.

Radio :
La musique de Noël crée une
belle ambiance.

Bottes de pluie :
Protègent contre tout débordement d'idées créatives.

POUR BRICOLEURS AVANCÉS...

DESSINER AVEC UN MARQUEUR

Avertissement! Pas pour les esprits fragiles car ceci requiert une main stable. Les erreurs ne sont pas permises!

BRICOLER UNE GUIRLANDE DE BONSHOMMES DE NEIGE

Attention! Pas pour les débutants, car de l'expérience est requise. De plus, ne jamais marcher, courir, galoper, danser ou dormir avec des ciseaux.

TRICOTER UN BAS DE NOËL

Important! La laine rouge peut attirer des taureaux.

DÉCORER L'ARBRE DE NOËL :

Pas d'allure

1. Ranger tout débris qui n'a pas une allure de temps des fêtes.

PLAN D'ARBRE
CLIENT : Prisson

- CM
- POUCES

Architecture de l'arbre de Noël

2. Dessiner un plan.

3. Sélectionner les teintes parfaites de rouge et de vert.

EXEMPLE

4. Trouver des décorations qui satisfont aux normes de sécurité selon Frisson :

A. Manipuler objets tranchants avec précaution

B. Lumières alimentées par l'énergie solaire

C. En plastique et non en verre

D. Petits fruits artificiels pour ne pas attirer de cardinaux

5. Décorer avec précaution.
(Pas d'échelle SVP!!!)

FRISSON VOUS CONSEILLE!
Les articles rouges ou verts ne sont pas tous de bonnes options pour servir de décorations de Noël!

Quelques articles ROUGES interdits en décoration :

Dynamite

Panneau d'ARRÊT

Piments forts

Dragons

Petits fruits empoisonnés

Borne fontaine

Quelques articles VERTS interdits en décoration :

Martiens

Des tonnes
de sent-bon

Herbe à chats

Chenilles

Herbe à puces

Ouaouarons

CHAPITRE 3

LES
SUCRERIES

LE POUR DES DESSERTS DE NOËL :

LE GÂTEAU AUX FRUITS

- Généreuse portion de fruits et de noix
- Très coloré et festif
- Peut durer des décennies

LA CANNE EN BONBON

- Portable
- Sert de jolie décoration
- Emballée dans une pellicule de plastique hygiénique

LA BÛCHE DE NOËL

- Œuvre d'art formidable (très réaliste)
- En nourrit plusieurs
- Excellent sujet de conversation

LE CONTRE DES DESSERTS DE NOËL :

LE GÂTEAU AUX FRUITS

- Requiert une table très solide
- Trop populaire comme cadeau transférable
- Peut durer des décennies

LA CANNE EN BONBON

- Peut augmenter les visites chez le dentiste
- Colle sur la fourrure et les perruques
- Pourrait se briser en mille morceaux

LA BÛCHE DE NOËL

- Pas appétissante (trop réaliste)
- Peut attirer des termites
- Requiert une tronçonneuse

BÂTIR UNE MAISON SOLIDE EN PAIN D'ÉPICES

en utilisant les matériaux suivants :

Colle blanche

Colle en bâton

Ruban adhésif

Ventilateur

Vernis

Carotte

1. Faire cuire les murs et le toit en pain d'épices.

2. Obtenir un permis de construire.

3. Assembler la maison en utilisant les colles et le ruban adhésif.

4. Vernir et laisser sécher.
(C'est garanti, cette cabane ne bougera pas d'ici!)

FRISSON VOUS CONSEILLE!

N'oubliez pas : cette maison en pain d'épices est plaisante pour les yeux mais pas pour l'estomac!

NOTEZ BIEN : La carotte sert de collation en attendant que tout sèche.

METTRE LA TABLE DE FAÇON HYGIÉNIQUE

1 D'abord choisir une table et la désinfecter de haut en bas. (Les microbes habitent les fissures!)

2 Vérifier la droiture de la table avec un niveau à bulle. (Les pieds instables peuvent causer des désastres!)

3 Sélectionner une nappe élégante. (Le motif à carreaux est idéal pour représenter le thème de Noël.)

4 Positionner minutieusement les desserts sur la table. (Dans le sens des aiguilles d'une montre et par ordre alphabétique)

5 Déposer les assiettes et les ustensiles délicatement. (Ustensiles arrondis seulement; c'est plus sécuritaire.)

6 Fournir une sélection généreuse de produits nettoyants aux invités. (Serviettes de table, désinfectants pour mains et brosses à dents)

N.B. Disposer des cônes pour éviter un bouchon de circulation!

CHAPITRE 4

LES CADEAUX DE NOËL

MAGASINER POUR UN INDIVIDU CAPRICIEUX

FRISSON VOUS CONSEILLE!

Identifiez bien le type de personnalité de vos proches, car ça facilite la tâche de sélection de cadeaux.

LE TYPE SILENCIEUX

IDÉES CADEAUX :
- Billets pour un film muet
- Télécommande avec un piton sourdine
- Cache-oreilles

LE TYPE TENDU

IDÉES CADEAUX :
- Certificat pour un traitement au spa
- CD de sons de vagues
- Cours de yoga

LE TYPE MYSTIQUE

IDÉES CADEAUX :
- Trousse de magie pour débutants
- Quelque chose de scintillant
- Carnet d'horoscope fiable

LE TYPE SENSIBLE

IDÉES CADEAUX :
- Veste en soie
- Film réconfortant
- Mouchoir avec monogramme

LE TYPE INSAISISSABLE

IDÉES CADEAUX :
*Laissez faire celui-là, car il est dans la brume.

LE TYPE PLEIN AIR

IDÉES CADEAUX :
- Cure-dents
- Boussole et GPS
- Trousse de survie

LE TYPE POILU

IDÉES CADEAUX :
- Cire chaude
- Tondeuse à poils du nez
- Aspirateur

LE TYPE TRANSPARENT

IDÉES CADEAUX :
- Béret
- Cravate colorée
- Miroir sur pied

LE TYPE IRRITANT

IDÉES CADEAUX :
- Onguent
- Bouquet de fleurs
- Un billet aller simple ver
  une destination lointaine

LE TYPE TÊTU

IDÉES CADEAUX :
- Casque
- Casse-tête 3D
- Oreiller

LE TYPE DRÔLE

IDÉES CADEAUX :
- Coussin flatulent
- Livre de 1001
  blagues
- Pelure de banane

LE TYPE TRAVAILLANT

IDÉES CADEAUX :
- Vacances
- Classeur de dossiers
- Super grande tasse de c

LE TYPE
BOUDEUR

LE TYPE
ADORABLE

IDÉES CADEAUX :
- Bracelet d'amitié
- Biscuits faits maison
- Sent-bon à odeur
  de cannelle

LE TYPE
FRISSON

IDÉES CADEAUX :
- Rien de terrifiant
- Rien de dangereux
- Rien d'inflammable

IDÉES CADEAUX :
- Billet pour le cirque
- Leçons de danse salsa
- Table pour un dans un bon restaurant

EMBALLER LES **CADEAUX**

À : Frisson

DE : Frisson

PIÈCE À CONVICTION :

1. Mesurer la boîte cadeau. (Une boîte carrée fonctionne mieux.)

2. Mesurer encore. (On n'est jamais trop prudent!)

3. Couper le papier d'emballage de façon à ce qu'il soit 1,56 fois plus grand que la boîte cadeau. (Le papier doit être représentatif de l'esprit de Noël.)

4. Replier le papier sur la boîte. (Des plis parfaits à l'horizontale SVP.)

5. Fixer le tout. (Utiliser du ruban adhésif transparent pour un fini invisible.)

6. Placer une boucle décorative (sans se coincer les doigts).

7. Apposer une étiquette d'identification (pour éviter tout risque d'erreurs embarrassantes).

AUTReS OPTIONS D'EMBALLAGE...

Bas de Noël :

POUR : Joli
CONTRE : Sent les 'ti pieds

Sacs en papier :

POUR : Mignon et recyclable
CONTRE : Le contenu peut tomber

Cartes-cadeaux :

CARTE-CADEAU
AU
DOLLARANOIX

POUR : Léger
CONTRE : Manque d'audace

DeS eXEMPLeS À NE PAS EMBALLER :

Les crustacés

Les mammifères à quatre pattes

Les arbres

FRISSON VOUS CONSEILLE!

Pour éviter d'avoir les pattes collantes, enfilez de bonnes mitaines de four avant d'emballer vos cadeaux.

CHAPITRE 5

LES PERSONNAGES DE NOËL

Faire des recherches sur les personnages de Noël, c'est crucial.
Alors, commençons par le plus célèbre ...

LE PÈRE NOËL

(C'est qui, lui? Et que veut-il vraiment?)

LE CHAPEAU : Indique qu'il est distingué et qu'il a la chevelure clairsemée.

LE NEZ : Signale qu'il est capable de sentir des biscuits à plusieurs kilomètres!

L'HABIT ROUGE : Dévoile un velours de qualité confectionné par maman Noël!

LA CEINTURE : Permet de s'ajuster à la grosseur de la cheminée.

LE POMPON : Démontre un côté ludique.

LA BARBE : Confirme un bon entretien, car elle est blanche comme neige.

Gants = pas de bactéries

LE BEDON : Annonce une faiblesse pour les biscuits.

LES BOTTES : Marquent la propreté; toujours cirées et jamais couvertes de suie.

SA MISSION : Livrer des cadeaux aux enfants sages du monde entier!

Vérification d'identité top secrète

NOM : M. père Noël ou papa Noël ou Saint-Nicolas

STATUT : Marié

ÉPOUSE : Maman Noël (porte toujours une robe en velours assortie)

RÉSIDENCE : Pôle Nord

VÉHICULE D'OCCASION : Traîneau équipé de huit rennes et d'un phare antibrouillard nommé Rudolphe le renne au nez rouge

EXPRESSION TYPIQUE : Ho! Ho! Ho! (multilingue)

JOUR PRÉFÉRÉ DE L'ANNÉE : Veille de Noël (24 décembre)

ENDROIT COUP-DE-CŒUR : Le centre d'achats

PIÈCE À CONVICTION : LA LISTE DU PÈRE NOËL

EMPREINTES DIGITALES :

	TANNANT	SAGE
COPAIN	☐	☑
FRISSON L'ÉCUREUIL	☐	☑
CHESTER (le chat)	☐	☑ ⊠
GODZILLA	☑	☐
MICROBES	☑	☐
MÉLANIE WATT	☐	☑
YÉTI	☑	☐

QUELQUES FAITS INTÉRESSANTS AU SUJET DU PÈRE NOËL :

- Il écrit sa liste, et la vérifie deux fois (Frisson apprécie bien cela)
- Il est mentionné dans des livres et des chansons
- Il lit des tonnes de lettres (littéralement)
- Pas claustrophobe pour deux « cennes » (cheminées)
- Ne travaille pas seul; il a plusieurs assistants

LE LUTIN

(selon Frisson l'écureuil)

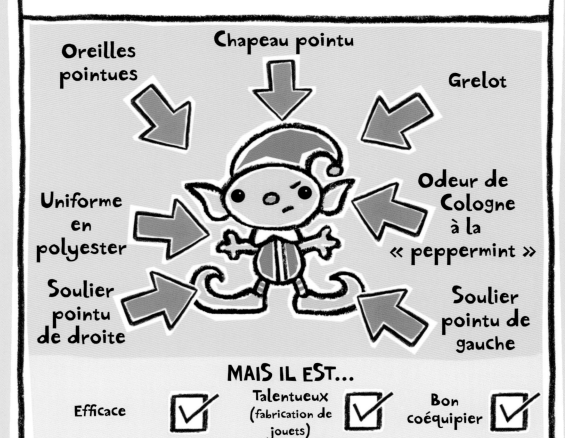

Oreilles
pointues

Chapeau pointu

Grelot

Uniforme
en
polyester

Odeur de
Cologne
à la
« peppermint »

Soulier
pointu
de droite

Soulier
pointu de
gauche

MAIS IL EST...

Efficace ☑

Talentueux
(fabrication de
jouets) ☑

Bon
coéquipier ☑

LE RENNE AU NEZ ROUGE

(Rudolphe) (selon Frisson l'écureuil)

Ampoule de 240 watts

Panache pointu

Site de campement de rêve pour puces

Queue

GPS intégré

Sabots volants

Odeur d'épinette

MAIS IL EST...

Efficace ☑

Talentueux (livraison de jouets) ☑

Bon coéquipier ☑

LE PLAN DE VOL DU PÈRE NOËL INCLUT :

9 rennes

9 étiquettes d'identification

1 traîneau haute performance

1 gigantesque sac rempli de jouets

LE PARCOURS DU PÈRE NOËL :

Dans le sens contraire des aiguilles d'une montre et à vitesse éclair!

ANTICIPEZ-VOUS UNE VISITE DU PÈRE-NOËL?

Pour des résultats optimaux, il est recommandé de déposer une offrande composée de lait et de biscuits près d'une fenêtre ou d'une cheminée non allumée, je répète, non allumée!

FRISSON VOUS CONSEILLE!

Un accueil chaleureux pourrait influencer la générosité du père Noël!

QUELQUES TRUCS POUR CRÉER UNE AMBIANCE ACCUEILLANTE :

- Déposer un tapis avec le mot : BIENVENUE!
- Faire jouer de la musique de Noël pour rehausser l'ambiance.
- Régler l'air climatisé à température très froide.
- Disperser des poinsettias ici et là.
- Garder tout animal muni de dents à une distance sécuritaire.

CHAPITRE 6

LE CÔTÉ VEXANT DE NOËL

LE GUI

(ET SES 10 PIRES SCÉNARIOS DE BISOUS)

1. Du gui suspendu au-dessus d'une mare à piranhas.

2. Du gui suspendu au-dessus d'une fourmilière.

3. Du gui suspendu au-dessus d'un cactus.

4. Du gui suspendu au-dessus d'un individu qui ne se brosse jamais les dents!

5. Du gui suspendu au-dessus d'un chihuahua enragé.

6. Du gui suspendu au-dessus d'un poteau gelé.

7. Du gui suspendu au-dessus d'un aquarium à requins.

8. Du gui suspendu au-dessus d'un microbe.

9. Du gui suspendu au-dessus d'une plante carnivore.

10. Du gui suspendu au-dessus d'un robot haute tension.

Personne ne veut courir le risque d'ouvrir une boîte sans savoir à l'avance ce qu'elle contient. Des trucs infaillibles, conçus pour vous aider à détecter tout danger qui se cache à l'intérieur d'une boîte, c'est mon cadeau pour vous!

5 techniques* simples pour identifier le contenu d'une boîte :

1) Fixez-la.
(Les boîtes aux formes irrégulières présagent une mauvaise surprise.)

2) Secouez-la.
(Soyez attentif à tous mouvements, ressorts, mécanismes ou petits morceaux détachés.)

3) Sentez-la.
(Une odeur d'ordures peut signifier que ce présent est bel et bien passé de date.)

4) Écoutez-la.
(Un tic-toc d'alarme devrait vous alarmer. Vraiment.)

5) Envoyez-la.
(Dans un laboratoire pour lui faire passer des tests et avoir une seconde opinion.)

ANNONCE IMPORTANTE : Ces techniques ne proposent en aucun temps de goûter quoi que ce soit. Je voulais être bien clair là-dessus!

Quelques cadeaux terrifiants maintenant évitables, car vous détectez le danger comme un vrai pro :

Charbon

Clown fou qui surprend

Robot brisé

Malaxeur

FRISSON VOUS CONSEILLE!
La sécurité à l'aéroport est toujours un endroit commode pour passer vos cadeaux aux rayons X!

LES GUIRLANDES SYNTHÉTIQUES
(QUELQUES ARGUMENTS POUR ARRÊTER LA FOLIE!)

1. Trop de scintillement, c'est aveuglant.
2. Ça vire toujours hors contrôle.
3. Ça peut attirer une foule disco.
4. On peut s'emberlificoter dedans.
5. Les robots les adorent.

LES MORDEURS DU TEMPS DES FÊTES

(LE DUO À GRANDES DENTS)

Le casse-noisette

Au premier regard, le casse-noisette est un appareil utile pour accommoder tous amateurs de noix. Mais attention! Sous cette peinture laquée se cache un mécanisme imprévisible qui peut laisser sa trace... sur votre doigt!

Les engelures

Les engelures peuvent vous saisir à n'importe quel moment! Leur technique, transmise de génération en génération, est de surprendre leur victime d'un coup sec. Donc, habillez-vous adéquatement et gardez votre sang froid!

CHAPITRE 7

LES PLAISIRS
DE NOËL

SE VÊTIR

Il est important de bien paraître pendant le temps des fêtes. Lorsque vous rencontrez des individus que vous n'avez pas vus depuis quelque temps, il est essentiel d'avoir l'air impeccable et de faire bonne mine!

OPTION A :
Le style classique, le gilet de Noël

Un choix populaire pour ceux qui veulent se fondre dans le décor. Une fois par année préférablement.

FRISSON VOUS CONSEILLE!
Achetez ce gilet de Noël pendant les soldes d'après-Noël pour un prix imbattable!

OPTION B :
Le style académique, bolé

Une combinaison de cravate et de veste traditionnelle qui inspire confiance. Entretenir une conversation intellectuelle avec ce look, c'est génial.

OPTION C :
Le style cool, luxueux

Une affirmation audacieuse qui scintille avec bling-bling. Sans aucun doute, vous serez la vedette de la soirée !

OPTION D :
Le style Hollywood, complet chic

Un choix extravagant et sophistiqué qui fait tourner les têtes.

RECEVOIR

Recevoir, c'est un art qui n'est pas donné à tous.
Commencez à rédiger votre liste d'invitations
le plus tôt possible, voire en juillet.

FRISSON VOUS CONSEILLE!

En composant votre liste
d'invités, assurez-vous
d'exclure tous piranhas et
« doubles trempeurs ».

- Préparez des sujets de conversation sur carton.
- Évitez les thèmes de discussion qui
pourraient dégénérer.
- Comportez-vous bien, avec charme.
- Utilisez des sous-verres en tout temps.
- Couvrez vos meubles de plastique.

Évitez de jouer de la musique Rigodon du temps
des fêtes, car ça pourrait encourager les
invités à danser la claquette. Optez plutôt
pour de la musique de relaxation avec sons de
vagues pour créer une ambiance reposante.

LE GRAPHIQUE DE LA FÊTE DE NOËL

(Quelques options amusantes pour occuper vos invités)

Combinez ces idées d'activités et votre fête se déroulera sans ennuis!
Avec un peu de chance, vos invités feront la sieste sans tarder.
Ramasser après la fête sera donc un jeu d'enfant!

CHAPITRE 8

SI RIEN NE FONCTIONNE...

FAIRE LE MORT!

L'abominable homme des neiges
ne faisait PAS partie du PLAN!

FAIRE LE MORT :
Une mesure de sécurité anti-prédatrice,
perfectionnée par Frisson l'écureuil et décrite
comme étant l'acte de se figer ou de mimer des signes
non vitaux. Cette tactique assure donc la survie
et permet au danger de s'éloigner. Faire le mort
peut prendre jusqu'à **2 heures.**

FRISSON VOUS CONSEILLE!

Pourquoi ne pas combiner la panique et le plaisir? Lorsque vous faites le mort dans la neige, faites quelques gestes angéliques et soyez créatifs!

SUIVEZ L'EXEMPLE CI-DESSOUS :

Faites le mort!

30 minutes plus tard...

1 heure plus tard...

2 heures plus tard...

Ange

POUR :
Zachary
Jeremy
Christopher
Justin
Nicolas
Myra
Jonathan
Andréa
Olivia
Mia
Claire
Ayden
Danika
Yuma
Aurélie
Alexis

JOYEUX
NOËL
À TOUS!

Copain